AF348262

NOTICE

DE PLUS DE

34,000 ESTAMPES

DE TOUTES LES ÉCOLES

ANCIENNES ET MODERNES

Qui seront vendues par forts lots

PAR SUITE DE CESSATION DE COMMERCE

De M. E. LECHEVALIER

TROISIÈME VENTE

QUI AURA LIEU

HOTEL DES COMMISSAIRES-PRISEURS

RUE DROUOT, 9, SALLE N° 4

AU PREMIER ÉTAGE

Le Mardi 23 Décembre 1879

A UNE HEURE PRÉCISE

———→⚬←———

M⁰ MAURICE DELESTRE, Commissaire-Priseur,
rue Drouot, 27,
Assisté de **M. VIGNÈRES**, Marchand d'Estampes,
rue de la Monnaie, 21, à l'entre-sol

———→⚬←———

PARIS — 1879

DÉSIGNATION

Vues de France, gravées et lithographiées.

Études de dessin. Sujets divers, Ornements, Paysages; Animaux, Costumes de V. Adam et autres.

Fleurs et Fruits. lithog. et gravés. noir et couleur.

Oiseaux coloriés, Martinet; noirs. 134 p.

Coins de cartes.

Paysages, Vues, Lithographies.

Lithographies. Sujets divers.

Vinkeless. Histoire de la Révolution.

Marines. 290 p.

Pièces historiques.

Animaux noirs et coloriés: Mammifères.

Poissons, Papillons, noir et couleur.

Eaux-fortes modernes.

N°s des Portefeuilles et paquets	Nombre de pièces			
1.	200	Vues de France lithog. et gravées	7	50
	200	————————————————	3	50
2	200	————————————————	4	
	200	————————————————	4	
	200	————————————————	3	50
3	200	————————————————	3	
	300	————————————————	2	
4.	110	Études de dessins. Sujets divers avec portef.	3	
5.	234	—— Ornements, Paysages, ——	2	
6.	110	—— Animaux, V. Adam, etc. ——	2	
7	134	Fleurs et fruits lithog.	4	Vx
	115	————————— gravés.	6	50 Vx
	130	————————— ——	5	50 V.
8.	134	Oiseaux coloriés, Martinet.	2	
9	200	Coins de cartes.	4	
	300	—————————	2	
	300	—————————	2	50
	300	—————————	2	
	200	Sujets divers lithog.	3	

Lot	Qté	Désignation	Prix
10	200	Sujets divers lithog.	3
	200	Paysages, vues, lithog.	4
3 nbre	106	Fleurs et fruits gravés coloriés	4 50 Vu
	210	Paysages et vues lithog.	3
11	150	Sujets divers ———	2
	150	——— ———	1. 50
	208	——— ———	1
12	135	Vinkeless. Hist. de la Révolution.	11 50 Vu
	135	——— ———	12
	290	Marines.	6
13	150	Pièces historiques.	5 50
	200	———	11
14	200	Paysages.	4 50
	200	———	12 50 Vu
15	50	——— crayon rouge.	6
	200	———	9 50
	200	———	6 50
	200	———	6 50
16	632	Animaux noir	2 50
	450	——— coloriés	2 50

Lot		Description	Prix
17	625	Oiseaux noirs	1 50
	242	—————— coloriés	3 50
18	430	Poissons, Papillons, noirs et coloriés.	2
	300	Mammifères coloriés	2 50
	210	Costumes, mœurs indiennes.	2
19	130	Sujets historiques.	7
	100	Eaux-fortes modernes.	5 50
	170	——————	10
	200	——————	3 50
20	110	Grenier. Lithographies.	1 50
	132	V. Adam. ——————	1 50
	160	Lithographies diverses.	4 50
21	100	Galerie du Palais royal lithog.	3
	120	Sujets gracieux ——————	5 50
22	100	—————— et autres coloriés	6
	175	Sujets divers coloriés	3 50
	150	Sujets religieux.	6
23	166	Bible.	1
	275	Sujets religieux.	3
	175	——————	1

N°	Quantité	Désignation	Prix	
24	140	Sujets mythologiques.	5	50
	100	—— religieux.	3	50
25.	140	—— ——	1	50
26	100	—— divers anciens.	2	
	150	× —— ——	3	
	150	—— ——	1	50
27	175	—— religieux, modernes.	2	
	245	—— ——	1	50
28.	200	Vues étrangères modernes.	1	50
29.	200	——	2	
30	200	——	2	
	200	——	1	50
31.	200	——	2	
32	115	Sujets religieux modernes.	2	
	278	Vues de France modernes.	3	50
33	200	Paysages anciens.	6	50
	200	——	2	50
	200	——	3	
	205	——	2	
	300	——	2	50

34	210	Perelle.	5	50	Yn
	90	Paysages, d'ap. Robert et Fragonard;	6	50	
		par Cazin et autres.			
35	260	Animaux divers, V. Adam ...	8	50	
36	120	Deveria. Sujets de femmes.	8		
	150	————————————	3	50	
	134	Caricatures noires	5		
	156	——————— coloriées	12		
37	272	Costumes anciens	2		
	150	————— —————	2		
	100	————— religieux.	4	50	
38	200	————— coloriés	6	50	
	250	————— —————	4		
	330	————— —————	3	50	
	260	———— 18ᵉ S. et modernes.	3		
39	62	Portraits: Drevet, Edelinck,	17		
		M. Lasne, Masson, Nanteuil,			
		Pitau, Poilly, Van Schuppen			
	44	—— manière noire.	8		
	40	—— Princes de Savoie et Pieds.	6	50	

toujours	50	Portraits anciens.	16	
	50	———— ————	7	
39	50	———— ————	5	50
	55	———— ————	4	
	35	———— Van Dyck.	6	50
	75	———— modernes.	10	
	75	———— ————	4	
40	105	———— ————	3	
	125	Ornements modernes.	2	50
	175	———— ————	1	50
41	200	———— ————	1	50
	100	———— anciens.	4	
	200	———— ————	2	
	80	Sujets mythologiques anciens.	16	
	110	———— ————	4	50 V.
42	50	École italienne.	5	50
	100	Sujets religieux, historiques, anc.	11	
	117	———— ————	4	50
	50	———— ————	15	
	100	Sujets divers anciens.	10	

_43_	100	Sujets divers anciens.	7	
	128	———————	4	50
	100	Vues modernes, lithog. et gravées	7	50
	154	———————	4	50
_44_	126	Etudes de paysages lithog.	6	
	300	Bois anciens.	7	
	125	Paysages et marines lithog.	4	50
	100	Batailles, Sujets militaires	2	50
	63	Vignettes : Desenne, Devéria, etc.	6	
		blanc, chine, av.t et avec P.P.	.	
	63	Paysages modernes.	3	
_45_	160	Sujets divers modernes.	7	50
	166	Fleurs et fruits, noir.	8	50 Vo
	200	———————	2	V
	125	Fleurs et fruits, animaux, coloriés	5	50
	140	——————— coloriés monté	4	50
	186	Animaux anciens	2	
_46_	200	——————— modernes	3	
	200	Sujets divers coloriés	9	
	93	——————— anciens.	8	50

Lot	Qté	Description		
	88	Caricatures diverses.	5	v.
47	75	École française, etc.	14	
	✗ 42	Costumes militaires coloriés.	10	
	147	Sujets divers coloriés, imageries.	9	
	75	École française, etc.	18	
	80	————————	9	50
48	84	Sujets de genre, la plupart av.t P.P.	5	50
	72	Portraits de femmes anc. et mod.	12	
	100	———————— lithog.	10	50 v.
49	200	Études et principes de dessin.	5	
	260	————————	4	50
	130	Médecins Gateaux	4	50 v.
	200	Artistes : Peintres, Acteurs, Musiciens.	4	50 v.
50	150	Ecclésiastiques	4	
	116	Femmes.	4	50
	200	Généraux, Princes, Souverains.	5	
51	200	Portraits divers.	4	
	245	Généraux.	2	50
	232	Portraits divers.	4	

52	200	Portraits divers.		3	50
53	200	—————————— avec portef.		3	
54	200	——————————		2	50
55	286	——————————		3	
	286	——————————		2	50
56	200	Généraux.		2	50
	240	Ecclésiastiques.		2	
	240	Généraux.		2	
57	200	—————————— avec portef.		2	
58	200	Ornements lithog.		3	
	200	—————— modernes.		4	
	260	—————— ——————		3	50
59	316	—————— traits.		3	50
60	212	—————— Percier et Fontaine, etc.		3	50
61	150	—————— modernes.		7	
	150	—————— ——————		2	50
62	150	—————— anciens		4	50
	150	—————— ——————		7	50
	200	—————— ——————		6	50
	200	—————— ——————		6	

Lot	Qté	Désignation	Prix	
63	200	Ornements anciens.	6	
	280	————————	6	50
64	235	Vues de France lithog.	4	50
	100	———————— gravées	4	50
65	150	———————— ————	14	
	250	———————— ————	3	
	125	Environs de Paris	7	50
	146	Vues étrangères	5	
	160	Histoire des religions.	5	50
	240	Charlet	10	
66	60	Têtes d'étude couleur	8	
	100	Vues étrangères.	4	
	152	Environs de Paris gravés.	19	
	162	Vues: France, étranger.	8	
		noir et couleur		
67	44	Paysages.	9	50
	34	Sujets gracieux.	3	
	89	Académies, écorchés.	4	
	76	Têtes d'étude, noires.	4	50
	55	Peintures à l'huile: toile et papier	4	

68	118 Dessins. Paysages.	4
	150 — Ornements	3.50
	195 — ————	3 50
	89 — Fleurs.	4.50
	200 — divers.	7.50
	212 — ————	3.50
69	. 295 Feuilles : Herbier maritime (?)	10
	500 [illegible]	3.50 v.

Grenier. Lithographies. 110 p.

V. Adam. 132 p.

Galerie du Palais-Royal. 100 p.

Sujets gracieux, lithographiés.

Sujets religieux, Bible, anciens et modernes.

Sujets mythologiques. 140 p.

Vues étrangères modernes.

Paysages anciens : Perelle; Marines lithog.

Devéria : Sujets de femmes.

Caricatures noires et coloriées.

Costumes anciens, religieux, coloriés, du xviii° siècle et modernes.

Portraits : Drevet, Edelinck, Lasne, Masson, Nanteuil, Pitau, Poilly, Vangelisty, Van Schuppen, Manière noire, Princes de Savoie, Van Dyck. — modernes.

Ornements modernes, anciens.

École italienne.

Vues modernes, gravées et lithographiées.

Études de Paysages lithographiés.

Bois anciens. 300 p.

Batailles, Sujets militaires. 100 p.

Vignettes : Desenne, Devéria, et autres sur blanc. sur chine, avant et avec la lettre.

Costumes militaires coloriés.

École française.

Sujets de genre, la plupart avant la lettre.

Portraits lithographiés : Médecins, Artistes, Peintres, Acteurs, Musiciens, Ecclésiastiques, Femmes, Généraux, et autres.

Ornements lithographiés : Percier et Fontaine, anciens et modernes.

Environs de Paris gravés. 125 p.

Académies, Écorchés, Têtes d'étude.

Peintures à l'huile. 55 p.

Dessins : Paysages, Ornements, Fleurs.

Herbier maritime (?). 295 p.

CONDITIONS DE LA VENTE

—

Elle sera faite au comptant.
Les Acquéreurs paieront CINQ POUR CENT en plus des enchères.

Vᵉᵉ Renou, Maulde et Cock, imprs de la Cie des Commissaires-Priseurs. rue de Rivoli, 144.   98083

(448.) 3e Vente 23 Decembre 1879

Monsieur Lechevalier

Honoraires 10 %   £ 105 90